CATALOGUE

DES

LIVRES RARES

RELIÉS EN MAROQUIN

(Éditions des Alde et des Elzevir.)

COMPOSANT LA

BIBLIOTHÈQUE DE M. ***

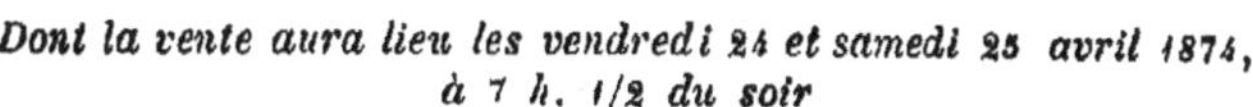

Dont la vente aura lieu les vendredi 24 et samedi 25 avril 1874,
à 7 h. 1/2 du soir

Rue des Bons-Enfants, 28 (maison Silvestre)
SALLE N° 2

Par le ministère de Mᵉ Delbergue-Cormont, commissaire-priseur
Rue de Provence, 8

PARIS

ADOLPHE LABITTE

LIBRAIRE DE LA BIBLIOTHÈQUE NATIONALE
4, RUE DE LILLE, 4

1874

ORDRE DES VACATIONS

1re VACATION. — *Vendredi 24 avril 1874.*

1 à 199.

2e VACATION. — *Samedi 25 avril.*

200 à 359.

LIVRES EN LOTS

Paris. — Typographie Georges Chamerot, rue des Saints-Pères, 19.

CATALOGUE

DES

LIVRES RARES

RELIÉS EN MAROQUIN

ÉDITIONS DES ALDE ET DES ELZEVIR

COMPOSANT LA BIBLIOTHÈQUE DE M. ***.

THÉOLOGIE.

1. Psalterium David. *Parisiis, ap. Sim. Colinæum,* 1524, pet. in-12, mar. fil. tr. dor. (*Aux armes.*)

2. Psalterium Davidis, ad exemplar Vaticanum. *Lugduni, ap. John. et Dan. Elzevirios,* 1653, pet. in-12, titre gravé, réglé bas. dent. tr. dor.

3. Novum Testamentum ex Bibliotheca Regia (græce). *Lutetiæ, ex offic. Roberti Stephani,* 1546, 2 vol. pet. in-12, mar. n.

4. Nouveau (le) Testament de Nostre-Seigneur J.-C., latin et françois, les deux translations respondantes l'une à l'autre, verset par verset. *Lyon, Guill. Rouillé,* 1557, in-16, réglé, v. à compart. de couleur, tr. dor. et gaufrée.

Joli exemplaire, dans sa reliure du seizième siècle bien conservée.

5. Novum Jesu Christi Testamentum Vulgatæ editionis. *Parisiis, ex Typogr. r.,* 1649, in-12, mar. r. fil. tr. dor. (*Rel. anc.*)

6. Fasti Mariani cum divorum elogiis in singulos anni dies distributis. *Antverpiæ, ap. vid. Cnobbaert,* 1546, pet. in-12, mar. r. fil. tr. dor. (*Rel. anc.*)

7. Thomæ a Kempis de Imitatione Christi libr. IV, recensiti ad fid. autographi. *Lugd. Batav., ap. J. et Dan. Elzevirios, s, d.,* in-12, v. r. dent. tr. dor.

8. Augustini (D. Aur.) Confessionum libri xiii, opera et stud. Sommatii. *Lugduni, ap. Dan. Elzevirium,* 1675, in-12, chagr. n. tr. dor.

9. Pensées de M. Pascal sur la religion et sur quelques autres sujets, qui ont esté trouvées après sa mort parmy ses papiers. *Paris, Guill. Desprez,* 1670, in-12, mar. br. jans. tr. dor. (*Trautz-Bauzonnet.*)

Édition originale.

10. Pensées de M. Pascal sur la religion et sur quelques autres sujets, qui ont esté trouvées après sa mort parmy ses papiers. *Suivant la copie imprimée à Paris,* 1679, pet. in-12, mar. r. jans. tr. d. (*Bauzonnet-Trautz.*)

11. Les Provinciales, ou les Lettres escrites par Louis de Montalte à un provincial de ses amis et aux RR. PP. Jésuites, sur le sujet de la morale et de la politique de ces Pères. *Cologne, Pierre de la Vallée,* 1657, in-12, mar. r. dos orné, dent. tr. dor. (*Lefebvre.*)

12. Histoire des Anabaptistes, ou relation curieuse de leur doctrine, règne et révolutions, tant en Allemagne, Hollande que Angleterre, où il est traité de plusieurs sectes de Mennonites, Kouakres et autres qui en sont provenus (par le P. Catrou). *Paris, Ch. Clouzier,* 1695, in-12, fig. v. f. fil. tr. dor.

13. Histoire de la papesse Jeanne, fidèlement tirée de la dissertation latine de M. de Spanheim. *La Haye, J. van der Kieboom,* 1736, 2 vol. in-12, fig. v. mar. fil. tr. dor.

SCIENCES ET ARTS.

14. Omnia Platonis Opera (græce). *Venetiis, in ædibus Aldi et And. soceri, mense septembri* **M. D. XIII,** in-fol. dérelié. (*Raccommodages à la fin et mouillures.*)

Exemplaire grand de marges.

15. Épictète, Manuel en grec avec la trad. française, par M. Lefebvre de Villebrune. *Paris, Ph.-D. Pierres,* 1783, in-16, mar. r. dent. tr. dor.

16. Luciani Colloquia selecta, Cebetis tabula, et Menandri sententiæ, gr. et lat., notis illustr. Hemsterus. *Amstelæd., ap. Wetstenios,* 1708, in-12, fig. mar. bl. dent. t. d. (*Rel. de Courteval.*)

17. Philostrati Lemnii Historiæ de vita Apollonii Tyani libr. viii, omnia ad græcam veritatem diligenter castig. *Parisiis, Beguin,* 1555, in-16, v. à comp. tr. dor. (*Reliure du* xvi° *siècle.*)

18. Ciceronis (M. T.) Cato major — De amicitia dialogus. *Lutetiæ, typis Jos. Barbou,* 1758-1771, 2 vol. in-24, portr. mar. v. dent. tr. dor. (*Rel. anc.*)

19. Ciceronis Topica, in ea Anitii Boëtii commentarius. *Parisiis, ex off. Rob. Stephani,* 1528, in-8, v. ant.

Exemplaire de Pithou. Note de Villenave à la garde du volume.

20. Petrarchæ (Francisci), de Remediis utriusque fortunæ libri ii. *Venetiis, per Bern. Stagninum, ann. D.M.DXXII,* pet. in-12, mar. r. fil. tr. dor.

21. Erasmi (Desid.) Apophthegmatum opus cumprimis frugiferum, diligenter recognitum. *Parisiis, ap. Sim. Colinæum,* 1532, in-8, réglé, mar. v. fil. tr. d. (*Armes.*)

22. Erasmi (Desid.) Moriæ Enconium, cum Ger. Listrii comment. *Lugd. Batav., J. Maire*, 1648, in-12, mar. bl. dent. fil. n. rog.
Exemplaire du comte de la Bédoyère.

23. Erasmi (Desid.) Stultitiæ laudatio. Th. Mori Utopiæ libr. ii. *Parisiis, Barbou*, 1777, 2 t. en 1 v. in-12, v. f. fil. tr. d.
Armes sur les plats.

24. Michaelis Verini Hispani, poetæ ac juvenis doctiss., disticha de moribus. *Parisiis, ex off. G. Buon*, 1562, pet. in-8, mar. r. fil. tr. dor. (*Rel. anc.*)

25. Très-élégantes Sentences et belles authoritez de plusieurs sages, en deux langues, italien et françois. *Paris, Gilles Corrozet*, 1546, in-8, mar. v. tr. d. (*Capé.*)

26. Machiavelli Flor. Princeps, ex Sylvestri Tellii traductione diligenter emendatus. *Francof., Laz. Leteneri*, 1608, pet. in-12, demi-rel. mar.

27. Hobbes (Th.). Le Corps politique, ou élémens de la loy morale et civile. *Leide, J. et Dan. Elzevier*, 1863, in-12, mar. viol. dent. tr. dor.

28. Les Essais de Michel, seigneur de Montaigne. *Amsterdam, Ant. Michiels*, 1659, 3 vol. in-12, mar. r. jans. tr. dor. (*Chambolle-Duru.*)
Joli exemplaire, provenant de la bibliothèque de M. Danyau. Hauteur : 149 millimètres.

29. De la Sagesse, trois livres, par Pierre Charron. *Leide, Jean Elzevier, s. d.*, pet. in-12, marb. br. tr. dor. (*Thouvenin.*)
Exemplaire grand de marges (133 millim.), provenant de la bibliothèque de M. Desq.

30. Maximes et réflexions morales du duc de la Rochefoucauld. *Paris, impr. de P. Didot l'aîné*, 1796, in-18, pap. vél. portr. mar. r. dent. tr. dor.

31. OEuvres philosophiques de M. de la Mettrie. *Amsterdam*, 1753, 2 vol. in-12, mar. r. fil. tr. dor. (*Rel. anc.*)

32. Plinii (C. Sec.) Historiæ naturalis libr. xxxvii. *Lugd. Bat., ex officina Elzeviriana,* 1635, 3 vol. in-12, v. gr.

33. Pinæus (Sev.) de virginitatis notis, graviditate et partu. — Bonaciolus, de conform. fœtus, etc. *Amstelod., Ravesteyn,* 1663, in-12, fig. mar. viol. fil. tr. d. (*Bozérian jeune.*)

34. Figuier (L.). Les Races humaines, ouvr. illustré de 334 grav. s. bois et de 8 chromolithograph. *Paris, Hachette,* 1872, gr. in-8, br.

35. Scriptores Physiognomoniæ veteres ex recensione Camilli Perusci et Fred. Sylburgii, græce et latine. *Altenburgi,* 1780, in-8, mar. r. dent, tr. dor.

35 *bis.* Problèmes d'Aristote et autres filozofes et médecins, selon la composition du corps humain (traduction attribuée à G. de la Boutière). *Lion, Jean de Tournes,* 1554, pet. in-8, mar. v. comp. à f. tr. dor. (*Duru-Chambolle.*)
Exemplaire provenant de la bibliothèque de M. Desq.

36. Théâtre des divers cerveaux du monde, auquel tiennent place toutes les manières d'esprits et d'humeurs des hommes, tant louables que vicieuses, déduites par discours doctes et agréables, trad. de l'italien (de Garzoni) (par G. C. D. T. (G. Chappuis de Tours). *Paris, le Mangnier,* 1586, in-16, demi-rel. dos et coins de v. ant.

37. Le Théâtre des divers cerveaux du monde, trad. de l'italien (de Garzoni), par G. C. D. T. (Gabr. Chappuis de Tours). *Paris, le Mangnier,* 1586, in-16, demi-rel. bas.

38. Maurice (comte de Saxe). Mes Rêveries, ouvrage posthume ; histoire de sa vie, par l'abbé Pérau. *Amsterdam, Arkstée et Merkus,* 1756, 2 vol. in-4, v. f. f. cart. et pl. coloriées.

39. Les Vrayes Centuries et prophéties de maistre Michel Nostradamus, où se void représenté tout

ce qui s'est passé, tant en France, Espagne, Italie, etc. *Amsterdam, J. Jansson et Waesberge*, 1668, pet. in-12, front. gr. et portr. mar. r. dent. tr. dor. (*Bozérian.*)

Hauteur : 133 millimètres.

40. Rossini. Il Barbiere di Siviglia, piano e canto con tutti i recitativi. *Paris, L. Escudier, s. d.*, gr. in-8, br.

BEAUX-ARTS

CHEZ LES ANCIENS ET LES MODERNES.

---

41. Clarac (comte de). Manuel de l'art chez les anciens. *Paris, J. Renouard*, 1847-49, 3 vol. in-8, br.

42. Galerie mythologique, recueil de monuments pour servir à l'étude de la mythologie, de l'histoire de l'art, etc., par A.-L. Millin. *Paris, Soyer*, 1811, 2 vol. in-8, fig. cart.

43. Caylus (comte de). Recueil d'antiquités égyptiennes, étrusques, grecques et romaines. *Paris, Desaint et Saillant*, 1752-1767, 7 vol. in-4, v. m. fil. tr. dor. *Figures.*

44. Panthéon égyptien. Collection des personnages mythologiques de l'ancienne Egypte, d'après les monuments, avec un texte explicatif, par M. J.-F. Champollion le jeune. *S. l. n. d.*, in-4, fig. color. demi-rel. mar. v. n. rog.

45. Ori Apollinis Niliaci de sacris Ægyptiorum notis ægyptiace expressis libr. II, iconibus expressa.

Parisiis, ap. Galeot. à Pratis, 1574, pet. in-8,
fig. s. b. mar. r. dent. intér. tr. d. (*Lortic.*)

46. Monuments inédits d'antiquité figurée, grecque,
étrusque et romaine, recueillis et publiés par
M. Raoul-Rochette (Ire partie, cycle héroïque).
Paris, Impr. royale, 1833, in-fol. fig. demi-rel.
mar. r. tête dor. n. rog.

47. Monumenti antichi inediti spiegati ed illustrati
da Giovanni Winckelmann. *Roma*, 1821, 3 vol.
in-fol. fig. cart. n. rog.

48. Statues, bustes, bas-reliefs, and other remains
of grecian art, from collections in various countries illustrated and explained by James Millingen.
London, 1826, in-4, fig. demi-rel. dos et coins de
mar. viol. n. rog.

49. A Handy-Book of the British Museum for
every day readers, by T. Nichols. *London, Cassel*,
1870, in-8, fig. cart. toile, n. rog.

50. Trinkschalen und Gefasse des Königlichen Museums zu Berlin und anderer Sammlungen, herausgegeben von Eduard Gerhard. *Berlin, G. Reimer*, 1848, in-fol. fig. demi-rel. mar. r. n. rog.

51. Monuments des K. K. Münz-und antiken Cabi-
nettes in Wien, beschrieben von Joseph Arneth.
Wien, 1849, in-fol. fig. cart. n. rog.

52. Museo Bresciano illustrato. *Brescia*, 1838, in-4,
fig. demi-rel. v. f. n. rog.

53. Inghirami (Franc.). Galleria Omerica, o raccolta
de' monumenti antichi per servire allo studio
dell' Iliade e dell' Odissea. *Fiesolana*, 1829-31,
2 vol. in-8, demi-rel. v. encadr. *Planches.*

54. Choix des peintures de Pompéi, lithographiées
en couleur par M. Roux, et publiées avec l'expli-
cation archéologique de chaque peinture par
M. Raoul-Rochette. *Paris, A. Labitte*, 1867, in-
fol. pl. color. demi-rel. mar. r. tête dor. n. rog.

55. Peintures antiques inédites, précédées de recherches sur l'emploi de la peinture dans la décoration
des édifices sacrés et publics chez les Grecs et les
Romains, par M. Raoul-Rochette. *Paris, Imprimerie royale*, 1836, in-4, fig. br.

56. Lettres d'un Antiquaire à un artiste, sur l'emploi de la peinture historique murale chez les
Grecs et les Romains, par M. Letronne. *Paris,*
1836, in-8, demi-rel. mar. r. n. r.

57. Iconographie instructive. *Paris, Everat, s. d.,*
gr. in-8, portr. cart.

58. Iconographie grecque, par le chevalier E.-Q. Vis-
conti. *Paris, impr. de P. Didot*, 1808, 3 vol. in-
fol. fig. demi-rel. mar. r. n. rog.

59. The Antiquities of Athens measured and delinea-
ted by James Stuart and Nicholas Revett. *London,*
J. Haberkorn, 1762-1816, 4 vol. in-fol. fig. demi-
rel. dos et coins de cuir de Russie.

60. An Investigation of the principles of Athenian
architecture by Francis Cranmer Penrose, pu-
blished by the Society of dilettanti. *London,*
W. Nicol, 1851, in-fol. fig. cart. n. rog.

61. The Temples of Jupiter Panhellenius at Ægina
and of Apollo Epicurius at Bassa near Phigaleia in
Arcadia, by C. R. Cockerel. *London, John Weale,*
1860, in-fol. fig. demi-rel. mar. br.

62. The Bronzes of Siris now in the British Museum,
an archæological essay by the chevalier P. O.
Bröndsted. *London*, 1836, in-fol. br.

63. MUSÉE DE SCULPTURE antique et moderne, ou
description historique et graphique du Louvre et
de toutes ses parties, etc., par le comte de Clarac.
Paris, V. Texier, 1841-50, 6 vol. in-8 de texte,
et 6 vol. in-4 obl. de pl. demi-rel. mar. r. n. r.

64. Antiche Opere in plastica discoperti, raccolti e
dichiarati dal marchese G. Pietro Campana Ro-

mano (parte prima). *Roma*, 1851, in-fol. fig. demi-rel, mar. v. n. rog.

65. Overbeck (J.). Geschichte der griechischen Plastik für Kunstler und Kunstfreunde. *Leipzig*, 1869, gr. in-8, rel. percal. gaufr. *Planches*.

66. Beiträge zur Geschichte der griechischen Plastik, von Alexander Conze. *Halle*, 1869, in-4, fig. br.

67. Bassorilievi antichi della Grecia, o sia fregio del tempio di Apollo Epicurio in Arcadia disegnato dagli originali da Gio. Maria Wagner ed inciso da Ferdinando Ruschweyh. *Roma*, 1814, in-4 obl. fig. cart. n. rog.

68. Description of the collection of ancient marbles in the British Museum, with engravings, part vi. *London, W. Nicol*, 1830, in-4, fig. cart.

69. Terracotten des königlichen Museums zu Berlin, herausgegeben von Theodor Panofka. *Berlin, G. Reimer*, 1842, in-4, fig. demi-rel. v. bl.

70. Quadro in Musaico scoperto in Pompei, descritto ed esposto in alcune tavole dimostrative dal cav. Antonio Niccolini. *Napoli*, 1832, in-4, fig. mar. viol. dent. n. rog.

71. Painted greek vases, from collections in various countries, principally in great Britain, illustrated and explained by James Millingen. *London*, 1822, in-4, demi-rel. dos et coins, fig. color. de mar. viol. n. rog.

72. Recherches sur les véritables noms des vases grecs et sur leurs différents usages, d'après les auteurs et les monuments anciens, par M. Théodore Panofka. *Paris, de Bure*, 1829, in-fol. fig. cart. n. rog.

73. Notizia dei vasi dipinti rinvenuti a Cuma nel MDCCCLVI, posseduti da sua altezza reale il conte di Siracusa. *Napoli*, 1856, in-fol. fig. color. cart. n. rog.

74. Catalogue du Cabinet de feu M. le chevalier E. Durand. *Paris, Rollin*, 1836, in-8, pap. de Holl. demi-rel. v. f. n. rog.

75. Etruskische Spiegel (Miroirs étrusques, publiés par Ed. Gerhard). *Berlin, G, Reimer*, 1843, 2 vol. in-4, fig. en livr.

Livr. 1 à 240.

76. Die Græber der Hellenen, von O. M. baron von Stackelberg. *Berlin, G. Reimer*, 1837, in-fol. fig. demi-rel. dos et coins de cuir de Russie, n. rog.

77. Traité des pierres gravées, par P.-J. Mariette. *Paris, impr. de l'auteur*, 1750, pet. in-fol. fig, v. marbr. dent. tr. dor. (*Aux armes.*)

78. Memorie degli antichi incisori che scolpirono i loro nomi in gemme e cammei, opera di Dominico Augusto Bracci. *Firenze*, 1784, 2 vol. in-fol. fig. br.

79. King (W.) Antique gems, their origin, uses and value. *London, John Murray*, 1860, in-8, percal. gaufr. écusson s. les p. n. rog.

80. A Collection of fifty prints from antique gems, engraved by M. John Spilsbury. *London, J. Boydell*, 1785, in-4, en ff.

81. Description des principales pierres gravées du cabinet du duc d'Orléans (par les abbés La Chau et Le Blond). *Paris, Pissot*, 1780, 2 vol. pet. in-fol. fig. demi-rel. dos et coins de mar. v. n. rog. (*Petit.*)

82. Ancient Coins of greek cities and Kings from various collections principally in Great Britain, illustrated and explained by James Millingen. *London*, 1831, in-4, fig. demi-rel. v. ant.

83. Les Monnaies d'Athènes, par E. Beulé. *Paris, Rollin*, 1858, in-4, fig. br.

84. Vues pittoresques de la cathédrale de Strasbourg, et détails remarquables sur ce monument,
dessinés, lithographiés et publiés par Chapuy,
avec un texte historique et descriptif, par
J.-G. Schweighæuser. *Strasbourg, F.-G. Levrault,*
1827, in-fol. br.

85. Varie Pitture a fresco de' principali maestri ve-
neziani (par Zanetti). *In Venezia,* 1760, in-4, fig.
demi-rel. mar. v.

86. Devises héroïques, par M. Claude Paradin, cha-
noine de Beauieu. *Lyon, Jean de Tournes et
G. Gazeau,* 1551, in-16, fig. sur bois, vél. (*Taché.*)
Rare.

87. Almanach. *S. l. n. d.,* in-24, 12 vignettes, mar.
r. compart. tr. dor.

88. Recueil des Costumes de théâtre, publié par
Vizentini, d'après les dessins de MM. Aug. Gar-
nery et H. Lecomte. *S. l. n. d.,* gr. in-8, portr.
color. demi-rel. mar. r.

BELLES-LETTRES.

89. Le Jardin des racines grecques mises en vers
françois, avec un Recueil des mots pris de la langue grecque (par.Cl. Lancelot). *Paris, P. Le Petit,*
1657, pet. in-12, frontisp. mar. vert, tr. dor.
(*Capé.*)
Première édition.

90. L'Hellénisme en France, leçons sur l'influence
des études grecques dans le développement de la
langue et de la littérature françaises, par E. Egger.
Paris, Didier, 1869, 2 vol. in-8, br.

91. Egger (Ém.). Mémoires de littérature ancienne. — Mémoires d'histoire ancienne et de philologie. *Paris, A. Durand,* 1862-63, 2 vol. in-8, br.

92. Varronis (M. Ter.) pars libr. XXIV de lingua latina. Vetramus Maurus recensuit cum ind. ampl. *Lugd., ap. hæredes Seb. Gryphii,* 1563, in-8, mar. r. tr. d. (*Duru.*)

Exemplaire de Renouard.

93. Verrii (M.) Flacci quæ exstant. Sext. Pompei de verborum significat. in Festum annotat. *Venetiis, J. Bonnellus,* 1559, in-8, maroq. bl. dent. comp. tr. d. (*Simier.*)

94. Nonii Marcelli Peripatetici Tubursicensis de compendiosa doctrina ad filium edidit Lud. Quicherat. *Parisiis, apud Hachette,* 1872, in-8, br.

95. Principes et premiers elementz de la langue latine. *Parisiis, ap. Sim. Colinæum,* 1539, lat.-fr.— Naturæ verborum ex Prisciano Fr. Stephanus, 1538, etc., 10 part. en 1 vol. in-8, mar. bl. fil. tr. d.

96. Dictionarium latino-gallicum. *Parisiis, ex officina Roberti Stephani,* 1538, in-fol. bas.

97. Roquefort (B.). Glossaire de la langue romane, rédigé d'après les mss. de la Bibliothèque impériale. *Paris, B. Warée,* 1808; supplément *Chasserian,* 1820, 3 vol. in-8 en 5 part. demi-rel. v. f.

Exemplaire interfolié.

98. Ethnogénie gauloise, ou Mémoires critiques sur l'origine et la parenté des Cimmériens, des Cimbres, des Ombres, des Belges, des Ligures et des anciens Celtes, par Roget, baron de Belloguet. *Paris, Maisonneuve,* 1872, 3 vol. in-8, br.

99. Traicté de la conformité du langage françois avec le grec, par H. Estienne. *Paris, Jacques du Puis,* 1569, pet. in-8, mar. br. jans. tr. dor. (*Capé.*)

100. Doutes sur la langue françoise, proposés à l'Académie françoise, par un gentilhomme de province (le P. Bouhours). *Paris, Sébast. Mabre-Cramoisy*, 1674, in-12, mar. r. jans. tr. dor. (*Simier.*)
Édition originale.

101. Réflexions ou remarques critiques sur l'usage présent de la langue françoise, par M. A. D. B. (Audry). *Paris, Laurent d'Houry*, 1692, in-12, demi-rel. mar. r.

102. Remarques de M. de Vaugelas sur la langue française, avec des notes de MM. Patru et T. Corneille. *Paris, Didot*, 1738, 3 vol. in-12, v. f. (*Aux armes.*)

103. Les Épithètes de M. de la Porte, Parisien. *Lyon, Pierre Rigaud*, 1602, pet. in-12, mar. r. fil. tr. dor. (*Capé.*)

104. Génin. Des Variations du langage français depuis le xii° siècle. *Paris, F. Didot*, 1845, in-8, demi-rel. v. f. fil. n. rog.

105. Scheler (Aug.). Dictionnaire d'étymologie française, d'après les résultats de la science moderne, nouv. éd. *Paris, Maisonneuve*, 1873, gr. in-8 à 2 col. br.

106. Lou Triumfe de la lengouo gascouo, per J.-G. d'Astros de Seut. Cla de Loumaigno. *Toulouso, J.-J. Boudo*, 1700, pet. in-12, demi-rel. bas.

107. Quintilianus. *Venetiis, in ædibus Aldi*, 1514, pet. in-4, cuir de Russie, dent. tr. dor.

108. Quintiliani (M. Fab.), oratoris eloquentiss., Institutionum oratoriar. libr. XII. *Parisiis, ex off. Rob. Stephani*, 1542, in-4, v. m. fil. tr. d.
Exemplaire de Longepierre.

109. Ciceronis (M. Tull.) Rhetoricorum libri; acced. rerum memorabilium index. *Venetiis, in ædibus Ald.*, 1521, pet. in-4, v. br. comp. s. les pl.

110. Donati (Ælii) de octo orationis partibus libellus. Rudimenta Joannis Despauteri. *Lutetiæ, ex
officina Rob. Stephani,* 1549, 2 t. en 1 vol. in-8,
mar. v. fil. tr. d.

Exemplaire de Renouard.

111. Donati (Ælii) de octo partibus orationis. *Lutet.,
ex off. Rob. Stephani,* 1561. — Naturæ præposi-
tion., ex Prisciano. *Ap. F. Steph.,* 1540.—Disticha
de moribus nomine Catonis inscripta. *Ex officina
Rob. Stephani,* 1567. — Sulpitii de moribus in
mensa servandis, 1564, 4 t. en 1 vol. in-8, mar. r.
dent. tr. d. (*Simier.*)

112. Oratorum Græciæ præstantiss. orationes (græce
et lat.). *Hanoviæ, typ. Wechelianis,* 1615, 1619,
2 vol. in-8, mar. r. fil. tr. d. (*Rel. anc.*)

---

113. Florilegium div. epigrammatum vet. in VII libr.
divisum (græce). *Parisiis, excud. H. Stephanus,*
1566, in-4, mar. citr. fil. tr. d. (*Rel. anc.*)

114. Poetarum veterum Georgica, Bucolica et Gno-
mica (gr. et lat.). *Genevæ, ap. J. Vignon,* 1620, 3 t.
en 1 vol. in-12, mar. bl. dent. tr. d. (*Bozérian*).

115. Hesiodi Ascræi quæ exstant (gr. et lat.), cum
notis selectiss.,cura et stud.Schrevelii.*Lugd.Batav.,
typis F. Hackii,* 1650, in-8, mar. r. tr. d. (*Rel.
anc.*)

116. Anacreon Teius summa cura ad fidem vet.
ms. emendatus, opera et stud.Jos. Barnes. *Cambri-
giæ, typis Acad.,* 1721, in-8,mar. r. fil. tr. d. (*Rel.
anc.*)

Portraits du duc de Malborough et de Barnès.

117. Homeri Ilias et Odyssea (græce). *Londini,
Gulielm. Pikering,* 1831, 2 vol. in-64, caractères
microscopiques, percal. n. rog.

118. Homeri Ilias (græce.). *Aldus* (1504), in-8, demi-
rel. bas. (*Notes manuscrites sur les marges.*)

119. Homeri Ilias et Odyssea et in easdem scholia,
sive interpretatio veterum, opera et stud. Jos.
Barnes (gr. et lat.). *Cantabrigiæ*, 1711, 2 vol. in-4,
v. ant.

120. Homeri Ulyssea, Batrachomyomachia, hymni
XXXII (græce). *Venetiis, in ædibus Aldi*, 1534,
in-8, rel. v. et bois. (*Piqúres.*)

121. Homeri Ulyssea, Batrachomyomachia, hymni
XXXII (græce). *Venetiis, in ædibus Aldi*, 1524,
in-8, dérelié.

122. Pindari quæ exstant, Callimachi hymni, Dionysius de situ orbis, Lycophronis Cassandra (græce).
Venetiis, in ædibus Aldi, 1513, in-8, dérelié,
mouillé.

123. Pindari et cæter. lyricorum IX lyricorum
carmina omnia (gr. et lat.). *Antverpiæ, ex off.
Christoph. Plantini*, ann. 1567, pet. in-12, v. f.
Exemplaire de Longepierre.

124. Pindari et cæter. VIII lyricorum carmina,
ed. III, græco-latina, H. Stephani recognitione.
Parisiis, ap. H. Stephanum, 1586, in-16, mar. br.
fil. tr. d. (*Aux armes*).

125. Odes de Pindare, traduction nouvelle par
J.-F. Boissonade, complétée et publiée par E.
Egger. *Grenoble*, 1867, in-18, demi-rel. mar. r.
tête d. n. rog.
Tiré à 65 exemplaires.

126. Theocriti quæ extant ex editione Dan. Heinsii
expressa græce. *Glasguæ*, 1746, in-4, mar. r. fil.
tr. d. (*Rel. anc.*)

127. Callimachi Hymni cum scholiis græcis, Nic.
Frischini interpretat. et H. Stephani emendatio-
nibus illustr. *Parisiis, excud. H. Stephanus*, 1577,
in-4, mar. la Vall. jans. dent. intér. tr. d.

128. Oppiani de piscibus libri V, ejusd. de venatione,
de piscibus, Laurent. Lippio interprete. *Venetiis,
in ædibus Aldi*, 1517, in-8, mar. r. fil. tr. d.

129. Dictys Cretensis de bello Trojano libr. VI, Septimio Romano interprete. *Basileæ*, 1529, in-8, réglé, v. br. à compart. tr. d. (*Rel. anc.*)

130. Quinti Calabri derelictorum ab Homero libri quatuordecim. *S. l., Aldus, s. d.*, pet. in-8, v. marbr.

131. Apollonius Rhodius. Argonautica, antiquis una et optimis cum commentariis, græce. *Venetiis, in ædibus Aldi*, 1521, in-8, vél.

132. Apollonii Rhodii Argonautica cum vet. et plane utilibus scholiis (græce). *Venetiis, Aldus*, 1541, in-8, mar. viol. tr. d.

133. Musæi opusculum de Herone et Leandro, Orphei Argonautica, hymni, etc. (græce et lat.). *Venetiis, in ædibus Aldi*, 1517, in-8, mar. r. dent. intér. tr. d. (*Hardy-Mennil.*)

134. Horatius (Q. Fl.) ex fide X libris mss. opera Dionys. Lambini emendatus et comment. illustr. *Venetiis, Aldus*, 1566, in-8, v. m. f. (*Rel. moderne.*)

135. Horatius (Q. Fl.). Dan. Heinsius ex emend. editionibus expressit, repræsentavit. *Lugd. Batav., ex officina Elzev.*, 1628, in-12, mar. r. fil. doublé de tabis, tr. dor. (*Rel. anc.*)

136. Horatius (Q. Fl.). Acced. nunc Dan. Heinsii de Satyra Horatiana libr. II. *Lugd. Batav., ex off. Elzeviriana*, 1629, pet. in-12, front. gravé, mar. r. dent. tr. d. (*Aux armes.*)

137. Horatii (Q. Fl.) poemata scholiis illustrata a J. Bond. *Amstelodami, ap. Dan. Elzevirium*, 1676, in-12, mar. bl. doublé maroq. dent. intér. tr. d. (*Hardy-Mennil.*)

138. Horatii (Q. Fl.) Poemata, scholiis instar commentarii illustrata a J. Bond. *Amstel.*, 1676, in-12, mar. v. fil. tr. d. (*Rel. anc.*)

139. Horatii (Q. Fl.) poemata, scholiis instar commentarii illustr. a J. Bond. *Amstelod., ap. Dan.
Elzevir.*, 1676, in-12, v. f. gaufr. gardes en v.
encadr. dent. tr. d.(*Hering.*)
Exemplaire de De Bure. Hauteur : 133 millim.

140. Horatius (Q. Fl.) Scholiis instar commentarii
illustr. a J. Bond. *Amstelod., ap. Dan. Elzevirium*,
1676, in-12, mar, r. fil. tr. d. (*Belz-Niedrée.*)

141. Horatius (Q. Fl.). Acced. J. Rutgersii lectiones
Venusinæ. *Traj. Batav., van de Water*, 1699,
in-12, mar. r. fil. tr. d. (*Rel. anc.*)

142. Horatius (Q. Fl.) ad fidem codd. mss. emendatus. *Trajecti Batav., G. van de Water*, 1713,
in-12, mar. v. fil. tr. d. (*Rel. anc.*)

143. Horatii (Q. Fl.) Opera. *Parisiis, e Typogr. regia*,
MDCCXXIII, pet. in-12, mar. v. dent. doublé de
tabis, tr. d. (*Rel. anc.*)

144. Horatii (Q. Fl.) Opera. *Parisiis, e Typogr.
regia*, 1733, in-24, mar. bl. dent. doublé de
tabis, tr. d.(*Bozérian.*)

145. Horatii (Q. Fl.) Opera. *Londini, typis J. Bren-
dley*, 1744, in-12, mar. r. fil. tr. d. (*Rel. anc.*)

146. Horatius (Q. Fl.). *Parisiis, excud. P. Didot
natu major, ann. VIII*, in-12, mar. r. doublé de
tabis, fil. tr. d.

147. Horatii (Q. Fl.) Opera omnia, recens Filon prof.
Parisiis, Mesmer, 1828, in-64, v. v. fil. n. rog.
Édition microscopique.

148. Q. Horatii Flacci Opera omnia, ex recensione
Joannis Casparis Orellii. *Parisiis*, 1851, in-18, br.

149. Publ. Verg. Maro. Bucolica, Georgica, Æneis,
cum Servii commentariis. *Venundatur via Jacobea,
apud Fr. Regnault*, 1529, in-fol. fig. sur bois, v.
gr.

150. Virgilii (P. Mar.) Bucolica, P. Rami prof. reg.
prælectionibus exposita. *Parisiis, av. Andr.*

Wechelum, 1555, in-8, réglé, v. br. compart. à la Grolier, tr. d. (*Le haut du volume est mouillé.*)

151. Virgilii (P. Mar.) Bucolica, Rami prof. reg. prælectionibus exposita. *Parisiis, ap. Andr. Wechelum*, 1555, pet. in-8, v. f. dent. intér. tr. dor. (*Kœhler.*)

152. Virgilii Opera. *Lugd. Bat., ex officina Elzeviriana*, 1636, in-12, mar. r. doublé de mar. r. tr. dor.

Joli exemplaire, mais court de marges (119 millim.).

153. Virgilii (P. Mar.) Opera nunc emendatiora. *Lugd. Batav., ex officina Elzeviriana*, 1636, pet. in-12, mar. bl. tr. dor. (*Niedrée.*)

Joli exemplaire. Hauteur : 123 millim.

154. Virgilius (P. Mar.) jam emendatior. *Amstelodami, ap. J. Janssonium*, 1655, in-24, br.

155. Virgilii (Publ. Mar.) opera, Nic. Heinsius e membranis antiquiss. recens. *Amstel., ex officina Elzevir.*, 1676, in-12, mar. r. fil. tr. dor. (*Duru.*)

156. Virgilii (Publ. Mar.) Opera Nic. Heins. Dan. f. membranis compluribus antiquiss. recens. *Amst., ex off. Elzeviriana*, 1676, in-12, v. f. dent.

157. Virgilii (Publ. Mar.) Opera, cum integris notis Servii Philargyri, commentariis Donati et aliorum, acced. J. Emmessii observationes. *Lugd. Batav., J. Hack*, 1680, 6 tom. en 3 vol. mar. r. fil. tr. dor. (*Rel. anc.*)

158. Virgilii (Publ. Mar.) Opera, interpretat. et notis illustr. C. Ruæus, *ad usum S. Delphini. Parisiis, S. Bernard*, 1682, in-4, v. f. fil. tr. dor.

159. Virgilii (Publ. Mar.) Opera. *Londini, ex officina J. Tonson*, 1715, in-12, mar. r. fil. tr. dor. (*Rel. anc.*)

Exemplaire en grand papier.

160. Virgilii (Publ. Mar.) Opera. *Londini, typis J. Brindley,* 1744, pet. in-12, mar. v. fil. tr. dor. (*Rel. anc.*)

161. Virgilii (Publ. Mar.) Bucolica, Georgica et Æneis, illustr. ornat. et accuratiss. impressa. *Londini, Knapton,* 1750, 2 vol. in-8, mar. fil. tr. dor. (*Figures.*)

162. Virgilii (Publ. M.) Bucolica, Georgica et Æneis, ex editione P. Burmanni. *Glasguæ, A. Foulis,* 1784, in-8, d. et c. mar. bl. fil. n. rog. doré en tête (*Raparlier.*)

163. Virgilius. Singulæ dictiones polysyllabæ in puerorum usum suis signatæ accentibus. *Parisiis, ex off. Sim. Colinæi, s. a.,* in-8, gaufré. (*Rel. anc.*)

Notes manuscrites très-nombreuses entre lignes et en marges, d'une très-ancienne écriture, aux Eglogues, aux Géorgiques et au premier livre de l'Enéide.

164. Les Amours d'Énée et de Didon, poëme traduit de Virgile, par M. le président Bouhier. *Paris, impr. de J.-B. Coignard,* 1742, in-12, v. f.

165. Virgile. Les Six premiers livres et épisodes des six derniers en vers bourguignons, dont une partie imprimée et l'autre manuscrite en 1 vol. pet. in-8, demi-rel. v. ant.

Avec une note manuscrite signée de G. Peignot.

166. Virgille virai an borguignon; choix des plus beaux livres de l'Énéide, par Amanton. *Dijon, Frantin,* 1831, in-12, demi-rel. v. r.

167. Catullus, Tibullus, Propertius. *Venetiis, in ædibus Aldi,* 1502, in-8, v. ant. (*Rel. anc.*)

168. Catulli, Tibulli, Propertii nova ed., Jos. Scaliger recens., ejusd. castigat. liber. *Lutetiæ, Mam. Patisson,* 1577, in-8, mar. r. dent. tr. dor. (*Courteval.*)

169. Ovidii (Nas.) Metamorphoseon libri xv, acced. annotat. in omnia Ovidii opera et fabular. index. *Venetiis, in ædibus Aldi,* 1516, in-8, dérelié.

170. Ovidii Nasonis Opera. *Parisiis, apud Sim. Co-linæum,* 1541, 3 vol. in-32, v. rel. anc. pet. fers, encadr. sur les plats, tr. dor.

Très-joli exemplaire. Reliure à compartiments dorés.

171. Ovidii (Publ. Nas.) Opera, Dan. Heinsius textum recens., acced. breves notæ ex collatione codd. Scaligeri et J. Gruteri. *Lugd. Batav., ex officina Elzeviriana,* 1629, 3 vol. in-12, mar. chamois, dent. intér. tr. dor. (*Armes.*)

Exemplaire de M. H. Bordes.

172. Ovidii (P. Nas.) Operum ed. nova, accurante N. Heinsio, Dan. fil. *Amstelod., typis Dan. Elze-virii,* 1676, 3 vol. in-16, mar. vert, fil. tr. dor. (*Rel. anc.*)

173. A. Persius Flaccus. *Parisiis, apud Fr. Gry-phium,* 1545. — J. Juvenalis satyræ iam recens cognitæ atque emendatæ. *Parisiis, apud Fr. Gry-phium,* 1545, in-16, vél.

174. Lucretius (de rerum natura libr. vi). *Venetiis, in ædibus Aldi,* 1515, in-8, mar. r. dent. tr. dor. (*Bauzonnet.*)

175. Lucretii (T. Car.), de rerum natura cum variorum notis, partim integris, partim selectis et cum interpretat. Th. Creech, cur. Havercampio. *Lugd. Batav., Jansson,* 1725, 2 vol. in-4, v. m. front. gravé.

176. Lucretii (T. C.) de Natura rerum libr. VI. *Londini, typis J. Brindley,* 1749, pet. in-12, fig. mar. v. fil. tr. dor. (*Rel. anc.*)

177. M. V. Martialis Epigrammata in Amphitheatrum Cæsaris. *Venetiis, in ædibus Aldi,* 1501, pet. in-8, v. br.

178. Martialis (M. Val.) Epigrammata cum notis Th. Farnabii. *Amsterd., Blaeu,* 1744, in-12, mar. v. doublé de tabis, tr. dor. (*Rel. anc.*)

179. Martialis (M. Val.) Epigrammatum libr. XII, ad veter. codd. fidem diligenter emend. *Antver-*

piæ, ex off. Christ. Plantini, 1568, in-12, mar. v. dent. tr. dor. (*Bozérian.*)

180. Martialis (M. Val.) Epigrammata, cum notis Th. Farnabii. *Amstelod., J. Blaeu*, 1644, in-12, mar. r. fil. tr. dor (*Rel. anc.*)

181. Lucanus. *Venetiis, in ædibus Aldi*, 1515, in-8, v. br. encadr. tr. dor. (*Rel. anc.*)

182. Lucani (M. Ann.) Pharsalia, cum vita et testimoniis. *Londini, typis J. Brindley*, 1751, 2 vol. in-12, mar. r. dent. tr. dor.

183. Statii Sylvarum libri quinque, Thebaidos libri duodecim, Achilleidos duo. *S. l., Aldus, s. d.*, pet. in-8, vél.

184. Phædri Fabulæ et Publ. Syri Sententiæ. *Parisiis, ex Typographia regia*, 1729, in-24, fig. mar. r. dent. tr. dor.

185. Silii Italici de bello punico secundo XVII libr. nuper diligentiss. castigati. *Venetiis, in ædibus Aldi*, 1523, in-8, v. f. fil. tr. dor.

186. Claudiani (Cl.) quæ exstant N. Heinsius Dan. fil. recens. et notas add. *Lugd. Batav., ex off. Elzeviriana*, 1650, in-12, vél.

187. Claudiani quæ exstant, Nic. Heinsius recens., acced. variorum comment. selecta. *Amstelod., ex officina Elzev.*, 1665, in-8, vél. bl. dent. tr. dorée.

188. Prudentii (Aur.) quæ exstant, Nic. Heinsius ex vetustiss. exempl. recens., notas adj. *Amstelod., Dan. Elzev.*, 1667, in-12, mar. r. tr. dor. (*Rel. ancienne.*)

189. Gregorii theolog. Nazianzeni de rebus suis carmina per quæ nos ad christiane vivendum hortatur (gr. et lat.). *Venetiis, ex Aldi acad.*, 1504, in-8, dérelié, lavé, préparé p. la rel.

190. Actii Synceri Sannazarii de partu virginis libri III, ejusdem de morte Christi lamentatio et quæ

in sequenti pagina continentur. *Venetiis, in œdibus Aldi*, 1533, pet. in-8, cart.

191. Il Petrarca con nuove sposizioni. *In Lyone, appresso Gul. Rouillio*, 1574, in-16, vél. tr. dor.

Avec la signature de Ph. Desportes sur le titre.

192. Barbazan. Fabliaux et contes des poëtes françois des xi°, xii°, xiii°, xiv° et xv° siècles; nouv. éd.*Paris, B. Warée*, 1808, 4 vol. in-8, demi-rel. mar. bl. tête dor. n. rog.

193. Mémoires historiques sur Raoul de Coucy; on y a joint le Recueil de ses chansons en vieux langage, avec la traduction et l'ancienne musique. *Paris, impr. de Ph.-D. Pierres*, 1781, pet. in-8, portr. et fig. v. f. fil. tr. dor.

194. Les OEuvres de Clément Marot de Cahors, plus amples et en meilleur ordre que paravant. *Paris, veuve Maurice de la Porte*, 1552, petit in-12, mar br. dor. (*Capé.*)

195. Clément Marot. *Lyon, Jean de Tournes*, 1573, pet. in-12, fig. sur bois, demi-rel. mar. r. (*Rogné en tête.*)

196. Regnier. Satyres et autres œuvres, augm. de div. pièces. *A Leyden, chez Dan. Elzevier*, 1652, in-12, v. ant.

197. Regnier. Les Satyres et autres œuvres, augm. de div. pièces. *A Leiden, chez Dan. Elzevier*, 1652, in-12, mar. br. tr. dor. (*Rel. anc.*)

198. Les OEuvres de François de Malherbe avec les observations de M. Ménage et les remarques de M. Chevreau sur les poésies. *Paris, Barbou*, 1723, 3 vol. in-12, v. f. fil.

199. OEuvres de Boileau-Despréaux. *Paris, impr. de Didot l'aîné*, 1781, in-18, mar. v. doublé de tabis, fil. tr. dor. (*Rel. anc.*)

De la collection du comte d'Artois.

200. Fables de la Fontaine. *Paris, impr. de Didot l'aîné*, 1782, 2 vol. in-18, mar. r. fil. tr. dor. (*Rel. anc.*)

201. Fables de la Fontaine, édition miniature. *Paris, Laurent et Deberny*, 1850, in-48, mar. v. jans. tr. dor. (*David.*)

202. Contes et Nouvelles en vers de M. de la Fontaine. *Leyde, J. Sambix (Bruxelles, Foppens)*, 1668, pet. in-12, mar. ol. fil. tr. dor. (*Thouvenin.*)

Le titre mis à cet exemplaire est celui d'une autre édition. Voici celui qui lui appartient : *Recueil des Contes du sieur de la Fontaine, lés Satires de Boileau, etc. Amsterdam, J. Verhoeven*, 1668. Les notes au crayon qui sont sur l'un des feuillets de garde sont de M. de Walckenaer. Exemplaire provenant de la bibliothèque de M. Soleil.

203. OEuvres du chevalier de Boufflers. *La Haye, Detune*, 1781, in-18, portr. mar. v. fil. tr. dor.

204. Le Petit Théâtre de l'univers, étrennes naturelles, précieuses, instructives et amusantes. *Paris, Langlois*, 1786, in-24, fig. mar. r. dent. tr. dor. (*Rel. anc.*)

205. Almanach des Grâces, étrennes érotiques chantantes pour l'année 1789, *Paris*, 1789, in-12, fig. mar. r. fil. tr. dor. (*Rel. anc.*)

206. Étrennes tourquennoises, ou recueil de chansons facétieuses et plaisantes sur les Tourquennois, par feu M. de Cottignies, dit Brûle-Maison. *Tourcoing, Vanackere, s. d.*, in-18, fig. demi-rel. bas. v. n. rog.

207. Chants et chansons populaires de la France. *Paris, H.-L. Delloye*, 1843, 3 vol. gr. in-8, fig. mar. v. compart: tr. dor.

208. Chansons joyeuses de Piron, Collé, Gallet, etc. *Paris, Saintin, s. d.*, in-32, portr. br.

209. Chansons de P.-J. de Béranger, 1815-1834, édition elzévirienne. *Paris, Perrotin*, 1861, pet. in-12, mar. r. fil. tr. dor. (*Capé.*)

Exemplaire sur papier de Chine.

210. Las Obros de Pierre Goudelin. *Toulouso,˚ Dijon*, 1774, in-12, portr. demi-rel. dos et coins de v. f.

---

211. Études sur les tragiques grecs, par M. Patin. *Paris, L. Hachette*, 1858, 4 vol. in-8, demi-rel. mar. r. n. rog.

212. Tragœdiæ select. Æschyli, Sophoclis, Euripidis, cum dupl. interpretat. *Parisiis, H. Stephanus*, 1597, 3 vol. in-12, mar. v. tr. dor. (*Reliure anc.*)

Exemplaire provenant de la bibliothèque Lamoignon.

213. Æschyli tragœdiæ, græce. *Parisiis, ex officina Adriani Turnebi typ. reg.*, 1552, mar. v. dent. tr. dor. (*Bauzonnet-Trautz.*)

Exemplaire de Renouard, avec ses chiffres sur les plats.

214. Æschyli Tragœdiæ cum scholiis græcis et variorum commentar. (gr. et lat.), curante Corn. de Pauw. *Hagæ Comit., P. Gosse*, 1745, 2 vol. in-4, v. f. fil.

215. Sophoclis Tragœdiæ quotquot exstant, nunc primùm latinæ factæ per J. Lalamantium med. *Lutetiæ, ap. M. Vascosan.*, 1558, in-8, mar. r. compart. tr. dor. (*Rel. anc.*)

216. Sophoclis quæ exstant omnia, cum veter. grammaticorum scholiis ad optim. exempl. fidem recens. R. Ph. Brunck. *Argentorati, G. Treuttel*, 1786, 2 vol. in-4, mar. r. fil. tr. dor.

217. Euripidis quæ exstant omnia, ad fidem vet. edit. et mss. recensuit, notas perp. subjecit, vers. latinam reformavit Sam. Musgrave M. D. *Oxonii, e typ. Clarend.*, 1778, 4 vol. in-4, v. gr. fil.

218. Aristophanis facetissimi Comœdiæ undecim. *Ex officina Plantiniana, apud Christophorum Raphelengium*, 1600, in-12, mar. r. fil. tr. dor. (*Reliure ancienne.*)

219. Plauti (M. Acc.) Comœdiæ xx. *Lugduni, ap. Seb. Gryphium,* 1554, 2 vol. in-12, mar. v. tr. dor.

Aux armes de Caumartin.

220. Plauti (M. Acc.) Comœdiæ xx olim a J. Camerario emendatæ, nunc suo nitori restitutæ opera et stud. J. Sambuci. *Antverpiæ, ex offic. Christ. Plantini,* 1566, 2 vol. pet. in-12, mar. bl. dent. doublé de tabis, tr. dor.

Exemplaire provenant de la bibliothèque de M. Renouard.

221. Plauti (M. Acc.) Comœdiæ superstites xx ad doctiss. virorum ed. repræsentatæ. *Amstelod., Jansson,* 1629, 1 vol. en 2 t. in-24, mar. r. fil. tr. dor. (*Rel. anc.*)

222. Terentii Comœdiæ. In-4, vél., manuscrit du xvᵉ siècle en caractères goth. sur vél. (*Initiales rubriquées.*)

223. Terentius. In singulas scenas argumenta ex Donati comment; versuum genera per Erasmum ed. v. *Parisiis, ex off. Rob. Stephani,* 1536, in-8, mar. r. fil. tr. dor. (*Rel. anc.*)

224. Terentii (Publ.) Comœdiæ VI, ex recens. Heinsiana. *Lugd. Batav.,* 1635, in-12, mar. r. fil. tr. dor. (*Bozérian.*)

225. Terentii (Publ.) Comœdiæ VI ex recens. Heinsiana, cum annotat. Th. Farnabii. *Amstelæd., J. Blaeu,* in-12, mar. r. fil. tr. dor. (*Rel. anc.*)

226. Terentii (Publ.) Comœdiæ VI ex recens. Heinsiana. *Lugd. Batav., ex off. Elzeviriana,* 1635, in-12, maroq. r. compart. dent. int. doublé de tabis, tr. dor. (*Courteval.*)

227. Terentii (Publ.) Comœdiæ VI ex recens. Heinsiana. *Lugd. Batav., ex officina Elzeviriana,* 1635, pet. in-12, mar. bl. dent. doublé de tabis, tr. dor. (*Bozérian.*)

228. Terentii (Publ.) Comœdiæ VI, ex recens. Heinsiana. *Lugd. Batav., ex officina Elzeveriana,* 1635, pet. in-12, mar. r. fil. tr. dor. (*Rel. anc.*)

229. Terentii (Publ.) Comœdiæ VI. *Londini, typis J. Brindley*, 1744, pet. in-12, mar. v. fil. tr. dor. (*Rel. anc.*)

230. Terentii (Publ.) Comœdiæ VI ad opt. exemplarium fidem recens.; acced. var. lectiones. *Lutetiæ P., apud Nat. Leloup*, 1753, 2 vol. in-12, fig. mar. v. fil. tr. dor. (*Rel. anc.*)

231. TERENTIUS. Comœdiæ. *Amstelodami, ex officina Elzeviriana*, 1661, in-12, maroq. r. doublé de mar. r. (*Rel. anc.*)

Bel exemplaire, réglé (133 millim.).

232. Publ. Terentii Comœdiæ sex, ex recensione Heinsiana. *Amstelodami, ex officina Elzeviriana*, 1661, pet. in-12, v. marbr.

233. Terentii (Publ.) Comœdiæ VI interpr. et notis illustr. Nic. Camus, in usum S. Delphini. *Parisiis, Leonard*, 1675, in-4, v. f. (*Armes.*)

234. Les Comédies de Térence, traduites en françois par Mme D*** (Dacier). *Paris, Denis Thierry*, 1688, 3 vol. in-12, mar. r. jans. tr. dor. (*Hardy-Mennil.*)

235. Senecæ (L. Ann.) Cordub. Tragœdiæ. *Lugd., ap. Seb. Gryphium*, 1547, in-16, réglé, v. br. à compart. tr. dor. (*Reliure du* xvie *siècle.*)

236. Senecæ (L. Ann.) Cordubensis Tragœdiæ. *Lugduni, apud Seb. Gryphium*, 1547, pet. in-12, mar. r. fil. tr. dor. (*Rel. anc.*)

237. Senecæ (L. et M. Ann.) Tragœdiæ, cum notis Th. Farnabii. *Amstelod., J. Blaeu*, 1656, in-12, mar. r. encadr. fil. tr. dor. (*Dusseuil.*)

238. Senecæ (L. Ann.) et aliorum Tragœdiæ, serio emendatæ. *Amsterodami, sumptibus societatis,* 1668, pet. in-12, titre gr. mar. r. fil. tr. dor. (*Niedrée.*)

239. Molière. Les Fourberies de Scapin, comédie. *Suivant la copie imprimée à Paris*, 1671, petit in-12 (*à la Sphère*), demi-rel. bas. r.

240. Molière. OEuvres. *Paris, Durand,* 1749, 8 vol. in-12, fig. de Boucher, v. marbr.

241. Molière. L'Amour médecin. — Les Précieuses ridicules. *Paris, Acad. des bibliophiles,* 1867, 2 vol. in-18, br.

242. Notes historiques sur la vie de Molière, par A. Bazin. *Paris, Techener,* 1851, in-18, cart. non rogné.

243. Achillis Tatii, sive de Clitophontis et Leucippes amoribus libri VIII, ex ed. Cl. Salmasii. *Lugd. Batav., ap. Fr. Hegerum,* 1640, in-12, titre gr. mar. r. fil. tr. dor. (*Rel. anc.*)

244. Apulæus Madaurensis Platonicus serio castigatus ex Musæo P. Scriveri. *Amsterodami, ap. G. Cæsium,* 1 vol. en 2 tom. pet. in-12, mar. r. dent. tr. dor.
Aux armes de Tourneheim.

245. Petronii Arbitri Satyricon cum notis et observ. variorum. *Lugd. Batav., Rapheleng.,* 1597, in-12, mar. r. dent. tr. dor. (*Rel. anc.*)

246. Titi Petronii Arbitri Satyricon. *Parisiis, apud Ant. Aug. Renouard,* 1797, 2 vol. in-18, v. marbr. dent. tr. dor.

247. Il Decameron di messer Giovanni Boccacci. *In Amsterdamo,* 1665, 2 vol. in-12, v. gr. tr. dor.

248. Contes et Nouvelles de Boccace. *Cologne, J. Gaillard,* 1702, 2 vol. pet. in-8, fig. de Romain de Hooge, v. marbr.

249. Les OEuvres de M. François Rabelais. *Lyon, Pierre Estiard,* 1573, pet. in-12, mar. r. fil. tr. dor. (*Duru.*)
Exemplaire provenant de la bibliothèque Aimé-Martin et Yemeniz.

250. Les Amours de Psyché et de Cupidon, lithographiés d'après les dessins de Raphaël, par

MM. Bouillon, Beaugard, Thill, Châtillon, etc. *Paris, F. Didot,* 1825, in-fol. bas. rac. dent.

251. Lettres persanes (par Montesquieu). *Amsterdam, P. Brunel,* 1721, 2 vol. in-12, mar. r. fil. tr. dor. (*Hardy.*)

252. La Saxe galante (par le baron de Poellnitz). *Amsterdam, aux dépens de la Compagnie,* 1734, pet. in-8, mar. r. fil. tr. dor. (*Smeers.*)

Édition originale, avec le titre rouge.

253. Histoire de Manon Lescaut et du chevalier des Grieux, par l'abbé Prévost. *Paris, impr. de Didot l'aîné,* 1781, 2 vol. in-18, mar. r. dent. tr. dor. (*Rel. anc.*)

De la collection du comte d'Artois.

254. Le Temple de Gnide (par Montesquieu). *Paris, Simart,* 1725, in-12, v. gr. (*Aux armes.*)

255. Montesquieu. Le Temple de Gnide; nouv. édit. avec vign. gravées par le Mire d'après les dessins de Ch. Eisen, le texte gravé par Drouet. *Paris, le Mire,* 1772, in-8, v. fil. tr. dor.

Bel exemplaire en grand papier de Hollande.

256. Amusements philologiques, ou Variétés en tous genres, par G. P. Philomneste (Gabriel Peignot). *Dijon, V. Lagier,* 1842, in-8, demi-rel. v. f. n. rog.

257. Le Livre des singularités, par G. P. Philomneste (Gabr. Peignot). *Dijon, V. Lagier,* 1841, in-8, demi-rel. v. r. n. rog.

258. Auli Gellii Noctes atticæ. *Amstelodami, apud Lud. Elzevirium,* 1651, pet. in-12, vél.

259. Des. Erasmi Roterod. Colloquia nunc emendatiora. *Lugd. Batavorum, ex officina Elzeviriana,* 1643, pet. in-12, titre gravé, vél.

260. Hippolytus redivivus, id est remedium contemnendi sexum muliebrem auctore S. J. E. D. V. M. W. A. S. *S. l.,* 1644, pet. in-12, bas. rac.

261. Meursii (J.) Elegantiæ latini sermonis, de arcanis Amoris et Veneris. *Lugd. Batav. (Paris), ex typis Elzev. (Barbou),* 1756, 2 part. en 1 vol. in-8, v. m. fil. tr. dor. fig.

Note manuscrite de 6 pages au commencement du volume.

262. Disputatio perjucunda qua anonymus probare nititur : *Mulieres homines non esse;* ed. secunda. *Hagæ Comitum, excud. Burcharnius,* 1638, pet. in-8, mar. citr. fil. tr. dor. (*Rel. d'Anguerran.*)

Exemplaire provenant des bibliothèques Radzivill et Danyau.

263. Dialogues des grands hommes aux Champs-Élysées, appliqués aux mœurs de ce siècle (par Fénelon). *Paris et Bruxelles, Guil. Frick,* 1713, in-12, mar. r. fil. tr. dor. (*Brany.*)

Édition originale. Bel exemplaire, relié sur brochure.

264. Propos mémorables des nobles et illustres hommes de la chrestienté avec plusieurs nobles et excellentes sentences des anciens autheurs hébrieux, grecz et latins, pour induire un chascun à bien et vertueusement vivre (par Gilles Corrozet). *Lyon, Gabr. Cottier,* 1560, in-12, cart.

Volume rare, provenant de la bibliothèque de M. Soleil.

265. Les Divers Propos mémorables des nobles et illustres hommes de la chrestienté, par feu Corrozet. *Paris, Galiot Corrozet,* 1603, in-12, mar. br. fil. tr. dor.

266. Réflexions sur les grands hommes qui sont morts en plaisantant, avec des poésies diverses par M. D*** (Deslandes). *Rochefort, Jaques le Noir,* 1755, pet. in-12, cart.

267. Menagiana, ou les Bons mots et remarques critiques, historiques, morales et d'érudition de M. Ménage. *Paris, Florentin Delaulne,* 1715, 4 vol. in-12, v. gr.

268. Scaligerana, Thuana, Perroniana, Pithœana et Colomesiana, ou remarques historiques, critiques, morales et littéraires de J. Scaliger, de Thou, du Perron, **Fr. Pithou** et **P. Colomiés.** *Amsterdam, Coveus et Mortier,* 1540, 2 vol. in-12, demi-rel. v. f. n. rog.

Exemplaire provenant des bibliothèques la Bédoyère et Danyau.

269. Forcatuli (Steph.) Cupido jurisperitus, ejusd. ad calumniatores epistola. *Lugduni, ap. J. Tornæsium,* 1553, in-4, mar. v. fil. (*Rel. anc.*)

270. Epistolæ græcanicæ mutuæ (græce). *Venetiis, apud Aldum,* 1599, in-4, mar. bl. larges dent. fil. orn. tr. dor. (*Bozérian jeune.*)

271. M. T. Ciceronis Epistolarum familiarium libri. *Venetiis,* 1480, in-fol. demi-rel. vel. bl.

272. C. Plinii Cæcilii Secundi epistolarum libri X. *Lugd. Batavorum, ex officina Elseviriorum,* 1640, pet. in-12, vél.

273. Collé. Correspondance inédite, accompagnée de fragm. également inédits avec introd. et notes par H. Bonhomme. *Paris, Plon,* 1864, gr. in-8, portr. demi-rel. v. f. n. rog.

274. Les Lettres d'Estienne Pasquier. *Lyon, Paul Frellon,* 1607, pet. in-12, v. marbr.

---

275. Plutarchi quæ supersunt omnia, græce et latine, principibus ex edit. castigavit, variorum annotat. et suis instruxit S. Reiske. *Lipsiæ, Werdmann,* 1774-1782, 12 vol. in-8, demi-rel. v.

276. Luciani (Samosat.) Opera cum nova vers. Tiber. Hemsterhusii, græcis scholiis et variorum notis ordinavit Fr. Reitzius. *Amstelod., J. Wetsten.,* 1743-46, 4 vol. in-4, v. m. fil. tr. dor.

277. Les OEuvres diverses du sieur de Balzac. *Leide, Elzeviers,* 1651, pet. in-12, mar. br. fil. tr. dor.

278. OEuvres complètes de Montesquieu, nouvelle édition avec des notes d'Helvétius sur l'Esprit des lois. *Paris, P. Didot,* 1795, 12 vol. in-18, pap. vél. v. éc. **dent. tr. dor.**

HISTOIRE.

279. Dionysius de situ orbis cum eloquentiss. D. Antonii Bechariæ præmio (latine). *Impressum Venetiis, per F. de Hailbrun,* 1478, in-8 carré, lettres rondes, mar. r. fil. tr. dor.

Premier feuillet raccommodé.

280. Atlas géographique et militaire, ou théâtre de la guerre présente en Allemagne, par M. Rizzi Jannoni. *Paris, Lattré, s. d.,* in-12, mar. n. fil. tr. dor. (*Rel. anc.*)

281. Atlas de la France divisée en ses quarante gouvernemens généraux et militaires. *Paris, Desnos, s. d.,* pet. in-12, mar. r. fil. tr. dor. (*Rel. anc.*)

282. Itinerarium provinciarum omnium Antonini Aug. cum fragm. ejusd. et indd. *Venale habetur in domo H. Stephani, Parrhisiis, s. a.,* pet. in-12, mar. tr. dor. (*Hardy-Mennil.*)

283. Marco Polo Venetiano. In cui si tratta le maravigliose del mondo per lui vedute. *In Venetia, per Matheo Pagan, s. d.,* pet. in-8, mar. r. jans. tr. dor. (*Hardy-Mennil.*)

284. Voyages du sieur A. de la Motraye en Europe, Asie et Afrique. *La Haye, T. Johnson et J. van Duren,* 1727, 2 vol. in-fol. fig. v. gr.

285. Voyage en Italie, par H. Taine. *Paris, L. Hachette,* 1866, 2 vol. in-8, br.

286. Voyage pittoresque de la Grèce (par le comte de Choiseul-Gouffier, avec un discours préliminaire par Chamfort). *Paris,* 1782-1822, 2 tom. en 3 vol. in-fol. fig. mar. citr. dent. tr. dor.

287. Voyages dans la Grèce, accompagnés de recherches archéologiques, par P.-O. Bröndsted.

Paris, F. Didot, 1830 (2ᵉ livr.), in-4, fig. cart. n. rog.

288. Pouqueville. Voyage de la Grèce ; 2ᵉ édition. *Paris, F. Didot,* 1826, 6 vol. in-8, demi-rel. v. v. fil. *Cartes, vues et fig.*

289. Voyage en Grèce et dans le Levant fait en 1843 et 1844, par A.-M. Chenavard, architecte. *Lyon, impr. de L. Perrin,* 1858, in-fol. fig. cart. n. rog.

290. Heeren. De la Politique et du commerce des peuples de l'antiquité, traduit de l'allemand par W. Suckau. *Paris, F. Didot,* 1830-1844, 7 vol. in-8, v. f. fil. *Cartes et pl.*

291. Discours sur l'histoire universelle, pour expliquer la suite de la religion et les changemens des empires, depuis le commencement du monde jusqu'à l'empire de Charlemagne, par messire J.-B. Bossuet; seconde édition. *Paris, Sébast. Mabre-Cramoisy,* 1682, in-12, v. f.

292. Diodore de Sicile. Les Trois premiers Livres de Diodore Sicilien, historiographe grec, translatez du latin en françois par maistre Anthoine Macault, vallet de chambre du roy Françoys premier. *Paris, rue de la Juifverie,* 1535, pet. in-4, v. à compart.

293. Cornélius Népos (les Vies de), par F. de Calonne, prof., et Améd. Pommier. *Paris, Panckoucke,* 1827, in-8, demi-rel. dos et coins de mar. r. tête dor. n. rog.

294. Vignier, historiogr. du roy. Les Fastes des anciens Hébreux, Grecs et Romains, avec un traicté de l'an et des mois. *Paris, Abel l'Angelier,* 1588, in-4, texte encadré, v. f.

295. Valerii Maximi dictorum factorumque memorabilium libr. IX. *Amsterodami, ap. G. J. Cæsium,* 1625, pet. in-12, titre gr. mar. r. fil. tr. d. (*Rel. anc.*)

296. Valerii Maximi dictorum factorumqué memorabilium libri IX. *Amstel., juxta exempl. Elzevir.,*
pet. in-12, mar. dent. intér. n. rog. (*Alló.*)

297. Valerii Maximi dictorum factorumque memorabilium libri IX. *Amstelod., typis Dan. Elzevirii,*
in-16, mar. r. comp. tête dor. n. rog. (*Kœhler.*)

298. Opuscula mythologica, physica et ethica (gr.
et lat.). *Amstelæd., apud H. Wetstenium,* 1688,
in-8, mar. bl. fil. n. rog. (*Thouvenin.*)

Exemplaire du comte de la Bédoyère.

299. Plutarchi de Iside et Osiride liber, græce et
anglice græca recens. Sam Squire; acced. varior.
conjecturæ. *Cantabrigæ, Typ. Acad., s. a.,* in-8,
peau de truie, fil. tr. dor.

300. Bibliothèque d'Apollodore l'Athénien, trad.
nouvelle par E. Clavier. *Paris, Delange et Lesueur,*
1805, 2 vol. in-8, v. f. fil.

301. Xenophontis omnia quæ extant. *Venetiis, in
ædibus Aldi,* 1525, in-fol. vél. (Notes manuscrites.)

302. Xenophontis Opera quæ exstant omnia (græce
et latine), una cum chronologia Cl. Dodwelli et
IV tab. geograph. *Oxonii, e theatro Scheldoniano,*
1703, 6 vol. fig. et cartes mar. r. fil. tr. dor. (*Rel.
anc.*)

303. Xenophontis Institutio Cyri, 4 vol. Ejusdem
Expeditio Cyri, 4 vol. ex edit. Hutchinson. *Glasguæ,*
1764-1767, ens. 8. vol. p. in-8, bas. gr. fil. tr. d.

304. Arriani (Nicomed.) de rebus gestis Alexandri
M. Barthol. Facio interpr. *Lugd., ap. Seb. Gry-
phium,* 1552, in-12, mar. r. fil. tr. d. (*Rel. anc.*)

305. Curtii (Q. Rufi) Historiarum libri accuratiss.
editi. *Lugd. Batav., ex offic. Elzevir.,* 1633, in-12,
titre gravé et cart. mar. v. tr. dor.

306. Curtii (Q. Ruf.) Historiarum libr. accurratiss. edit. *Lugd. Bat., ex officina Elzev.*, 1633, in-12, mar. n. tr. d. (*Rel. anc.*)

307. Curtii (Q. Rufi) de rebus gestis Alexandri M. libr. superstites, cum omnibus supplem. et var. notis, curavit H. Snakenburg. *Delphis, Adr. Beman*, 1724, in-4, v. f. fil. cartes fig. médailles. (*Très-bel exempl.*)

308. Études sur le Péloponnèse, par E. Beulé. *Paris, F. Didot*, 1855, in-8, br.

309. Laborde (comte de). Athènes aux xv°, xvi° et xvii° siècles. *Paris, J. Renouard*, 1854, 2 vol. in-8, gr. pap. vél. demi-rel. mar. v. fil. n. rog. tr. sup. d. (*Cartes et planches.*)

310. Considérations sur les causes de la grandeur des Romains et de leur décadence (par Montesquieu). *Amsterdam, J. Desbordes*, 1734, pet. in-8, v. f. fil.

311. Rumohr, Italienische Forschungen. *Berlin*, 1827, in-8, demi-rel. dos et c. maroq. v. n. rogn. tr. sup. d. (*Capé.*)

312. Varii historiæ romanæ scriptores partim græci, partim latini, in unum velut corpus redacti. *Excudebat Henricus Stephanus*, 1568, in-8, peau de mouton.

Avec la signature de MONTAIGNE au bas du titre.

313. Livii (Tit. Patav.) Historiarum libri. *Amstelod.*, ap. *J. Jansson*, 1635, in-12, à 2 col. caractères microscop. mar. r. fil. tr. d. (*Rel. anc.*)

314. Livii (Tit.) Historiarum quod extat ex recens J. F. Gronovii. *Amstelod., ap. Dan. Elzev.*, 1678, in-12, à 2 col. caractères microscop. mar. r. fil. doublé mar. dent. fil. tr. d. (*Closs.*)

315. Livii (Tit.) Historiarum quod exstat ex recens. J. F. Gronovii. *Amstelodami, ex officina Elzev.*,

1678, in-12, à 2 col. caractères microscop. mar. br.

316. Trogi Pompei Historiæ in compendium ab Justino redactæ. *Venetiis, in ædibus Aldi*, 1522, in-8, mar. v. tr. d.

317. Justini Historiarum ex Trogo Pompeio libr. XLIV, cum notis Is. Vossii. *Amstelod., ex offic. El- zevir.*, 1656, in-12, v. fil. tr. d.

318. Florus (L. An.). Cl. Salmasius addid. L. Ampe- lium e cod. ms. *Lugd. Batav., apud Elzevirios*, 1633, in-12, mar. r. dent. inter. tr. dor.

Exemplaire du docteur Danyau.

319. Florus (L. Ann.). Cl. Salmasius addid. L. Am- pelium e codd. ms. *Amstelodami, ap. Dan. Elze- virium*, 1664, pet. in-12, v. bl. fil. tr. dor. (*Si- mier.*)

320. M. Velleius Paterculus cum notis Gerardi Vossii G. F. *Lugd. Batavorum, ex officina Elzeviriana*, 1639, pet. in-12, mar. citr. dent. tr. dor. (*Rel. anc.*)

321. SEXTI RUFI Historiæ Romanæ libellus. *S. l. n d.*, in-4, mar. la Vall. Chiffre et armes sur les plats (*Hardy-Mennil.*)

Édition du seizième siècle, sans chiffres ni réclames.
Très-bel exemplaire.

322. Sallustius (Crisp.) cum vet. historicorum frag- mentis. *Lugd. Batav., ex officina Elzev.*, 1634, pet. in-12, v. f. fil. tr. d.

323. Sallustius (Crisp.) cum veter. historicorum fragmentis. *Lugd. Batav., ex off. Elzeviriana*, 1634, in-12, maroq. citron, dent. fil. doublé de tabis, tr. d. (*Bozérian.*)

324. Cæsaris (C. Jul.) quæ exstant ex emendat. Jos. Scaligeri. *Lugd. Batav., ex offic. Elsev.*, 1635, in- 12, mar. r. tr. d. (*Rel. anc.*)

325. Cæsar (C. J.), cum notis Dion. Vossii; acced. vita et res gestæ Julii Celsi ex musæo Grævii. *Amstelod., Blaeu*, 1697, in-8, vél. *Planches et fig.*

326. Tacitus (C. Corn.) ex J. Lipsii accuratiss. editione. *Lugd. Batav., ex officina Elzeviriana*, 1634, in-12, mar. r. fil. tr. dor. (*Rel. anc.*)

327. Tacitus (C. Corn.) ex J. Lipsii accuratiss. editione. *Lugd. Batav.*, 1634 in-12, v. ant.

328. Tacitus (C. Corn.), et in eum Boxhornii observationes. *Amstelodami, ex officina Janssoniana*, 1643, in-12, titre gr. mar. r. dent. tr. dor. (*Gueffier.*)

329. Muret (Ant.). Commentarii in V libr. Annalium Corn. Taciti; ejusd. in Salustium notæ. *Ingolstadii, ex typ. Sartorii*, 1604, in-8, mar.r. tr. d.
Aux armes de Colbert.

330. Suetonius (C. Tranq.). *Parisiis, ex Typogr. regia*, in-12, mar. bl. fil. tr. d. (*Rel. anc.*)

331. Polybii Historiarum libr. V in latinam linguam conversi a M. Perotto. *Florentiæ, per hæred. Ph. Juntæ*, 1522, in-8, maroq. r. fil. tr. d.

332. Bordier et Charton. Histoire de France depuis les temps les plus anciens jusqu'à nos jours, d'après les documents originaux et les monuments de l'art. Nouvelle édition. *Paris*, 1869, 2 vol. gr. in-8, à 2 col. fig. s. bois, br.

333. Les Troys Livres des illustrations de Gaule et singularitez de Troye, nouvellement reveues et corrigées, oultre les précédentes impressions. *On les vend à Paris, par Galliot du Pré, à la grant salle du Palais, au premier pillier*, 1531, pet. in-8, fig. sur bois, mar. r. fil. tr. dor. (*Tripon.*)

334. Antiquité de la nation et de la langue des Celtes, autrement appelez Gaulois, par le R. P. Dom P. Pezron. *Paris, Pr. Marchand*, 1703, in-12, mar. bl. fil. tr. dor.

335. Histoire de Louys XI, roy de France, et des choses mémorables advenues de son règne, depuis l'an 1460 jusques à 1483, auttrement dicte la Chronique scandaleuse. *Imprimée sur le vray original*, 1620, pet. in-8, demi-rel. dos et coins de v. f. (*Kœhler.*)

336. Le Cabinet du roi Louis XI, contenant divers fragments, lettres, intrigues non encore vues, recueillies de diverses archives (et publiées par l'Hermite de Soliers). *Paris, G. Quinet*, 1661, in-12, v. éc. dent.

337. Chronicque et histoire faicte et composée par feu messire Philippe de Commines, chevalier seigneur d'Argenton, contenant les choses advenues durant le règne de Loys XI, tant en France, Bourgongne, Flandres, Arthois, etc. *Paris, Bruniau,* 1563, pet. in-8, demi-rel. mar. la Vall.

338. Les Mémoires de messire Philippe de Commines, sieur d'Argenton. *Leide, Elzeviers*, 1648, in-12, titre gr. mar. bl. fil. tr. dor. (*Hardy-Mennil.*)

339. Histoire des Albigeois et gestes de noble Simon de Montfort, descrite par F. Pierre des Vallées Sernay, et rendue de latin en françois par M. Arnaud Sorbin. *Paris, Guill. Chaudière*, 1569, in-8, v. gr. (*Mouillé.*)

Hauteur : 129 millim.

340. Journal de Henry III, roy de France et de Pologne, par Pierre de l'Estoile ; nouvelle édition, accompagnée de remarques historiques et des pièces les plus curieuses de ce règne (par Lenglet du Fresnoy). *La Haye, P. Gosse*, 1744, 5 vol. pet. in-8. — Journal du règne de Henry IV, par P. de l'Estoile, avec des remarques historiques et politiques du chevalier C.-B.-A. (Lenglet du Fresnoy), et plusieurs pièces historiques du même temps. *La Haye (Paris)*, 1741, 4 vol. pet. in-8. Ensemble 9 vol. portr. v. f.

341. La Légende de Charles, cardinal de Lorraine, descrite en trois livres, par François de l'Isle. *Reims, impr. de Jaques Martin*, 1576, in-8, v. gr.

342. La Vie de François de Lorraine, duc de Guise (par ǀ de Valincourt). *Paris, Sébast. Mabre-Cramoisy*, 1681, in-12, v. f. dent. tr. dor. (*Simier.*)
Édition originale.

343. Histoire (l') et les amours du duc de Guise surnomé (*sic*) le Balafré. *Paris, veuve Mabre-Cramoisy*, 1664, in-12, demi-rel. v. fil.

344. Vie privée de Louis XV, ou principaux événements, particularités et anecdotes de son règne (par Moufle d'Angerville, avocat). *Londres, John Peter Lyton*, 1581, 4 vol. pet. in-8, v. f.

345. Espagnac (baron d'). Histoire de Maurice de Saxe, nouvelle édition. *Paris, P.-D. Pierres*, 1775, 3 vol. in-4, v. m. (*Planches et portrait du comte d'après Rigaud.*)

346. Mémoires secrets pour servir à l'histoire du roi de Perse (France). *Berlin*, 1759, in-18, demi-rel. mar. viol. tête dor. n. rog.

347. Vico (Giambattista). Principi de una scienza nuova intorno alla natura delle nazioni. *In Nap., per F. Mosca*, 1725, in-12, mar. v. tr. d. dent. intér.

348. La Ville et la république de Venise, par le sieur T. L. E. D. M. S. de Saint-Disdier. *Amsterdam, D. Elsevier*, 1680, in-12, vél.

349. Lettres de Henri VIII à Anne Boleyn, publiées d'après les originaux de la bibliothèque du Vatican, par G.-A. Crapelet. *Paris, impr. de Crapelet*, 1835, gr. in-8, pap. vél. demi-rel. v. f. tête dor. n. rog.

350. Histoire entière et véritable du procès de Charles Stuart, roi d'Angleterre. *Sur l'imprimé à Londres*, 1650, pet. in-12, v. viol. dent.
Volume rare, provenant de la bibliothèque de Rosny.

351. Histoire de Charles XII, roi de Suède, par M. de
Voltaire. *Basle, Christophe Revis*, 1731, 2 tomes
en 1 vol. in-12, mar. r. jans. tr. dor. (*Brany.*)

352. Histoire de la vie de la reine de Suède. *Fri-
bourg*, 1667. — Recueil de quelques pièces curieuses servant à l'éclaircissement de l'histoire de
la vie de la reyne Christine. *Cologne, P. Marteau,*
1668, pet. in-12, vél.

353. Plutarque. Les Vies des hommes illustres, traduites en français par E. Talbot. *Paris, L. Hachette*, 1865, 4 vol. in-12, demi-rel. v. viol.

354. Biographie pittoresque des pairs de France.
Paris, 1826, in-32, br.

355. Nouvelle Biographie théâtrale, par un cla-
queur patenté. *Paris*, 1826, in-32, br.

356. Biographie des dames de la cour et du fau-
bourg Saint-Germain. *Paris*, 1826, in-32, cart.
n. rog.

357. Abrégé de la généalogie des vicomtes de Lo-
magne (par L. Chasot de Nantigny). *Paris, Bal-
lard*, 1757, in-12, v. marbr.

358. Beneton (Ét.-A.). Commentaire sur les ensei-
gnes de guerre des principales nations du monde.
Paris, Thiboust, 1742, in-8, v. f. fil. tr. dor.
(*Duru.*)

359. Annales de l'imprimerie des Elsevier, ou histoire de leur famille et de leurs éditions, par
Ch. Pieters; seconde édition, revue et augmentée.
Gand, Annoot-Bracckman, 1858, gr. in-8, pl.
demi-rel. dos et coins de cuir de Russie.

Avec envoi autographe, et deux lettres de M. Pieters à M. de la Vil-
lestreux.

360. Sous ce numéro, il sera vendu environ 400 vo-
lumes reliés et brochés de littérature moderne.

Paris. — Imprimerie de Georges Chamerot, rue des Saints-Pères, 19.

RED. :

19

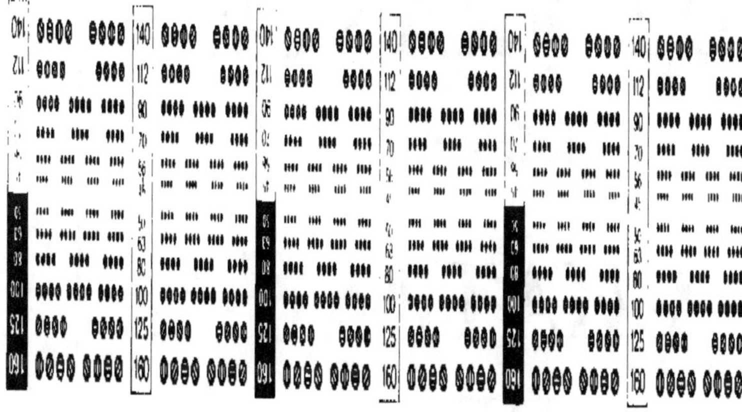

MIRE ISO N° 1
NF Z 43-007
AFNOR
Cedex 7 - 92080 PARIS-LA-DÉFENSE
3.79.89.70
graphicom

0 1 2 3 4 5 6 7 8 9 10

BIBLIOTHEQUE NATIONALE DE FRANCE

****

CHATEAU DE SABLE

1995